TIME FOR KIDS

Águilas de cerca

Christopher Blazeman

Asesor

Timothy Rasinski, Ph.D.
Kent State University

Créditos

Dona Herweck Rice, *Gerente de redacción*
Robin Erickson, *Directora de diseño y producción*
Lee Aucoin, *Directora creativa*
Conni Medina, M.A.Ed., *Directora editorial*
Ericka Paz, *Editora asistente*
Stephanie Reid, *Editora de fotos*
Rachelle Cracchiolo, M.S.Ed., *Editora comercial*

Créditos de las imágenes

Cover & p.1 Shutterstock; p.3 Ivica Drusany/Shutterstock; p.4 Shutterstock; p.5 Steven Bourelle/Shutterstock; p.6–7 Nunchi/Dreamstime; p.8 WithGod/Shutterstock; p.8–9 Shutterstock; p.10–11 DM7/Shutterstock; p.12 top: Piotrwzk/Shutterstock; p.12 bottom: Werner Bollmann/Photolibrary; p.13 top: Mike Truchon/Shutterstock; p.13 bottom: Zoltan Porkolab/iStockphoto; p.14 Lori Mitchell/Shutterstock; p.15 Tom Vezo/Minden Pictures/National Geographic Stock; p.16 mycteria/Shutterstock; p.16 Derekwatt/Dreamstime; p.17 top: Frank Leung/iStockphoto; p.17 bottom: Pamela Moore/iStockphoto; p.18 Frank Leung/iStockphoto; p.19 top: Frank Leung/iStockphoto; p.19 bottom: Dt03mbb/iStockphoto; p.20 top: FloridaStock/Shutterstock; p.20 bottom: Sharon Morris/Shutterstock; p.21 James G Brey/iStockphoto; p.22 Graeme Shannon/Shutterstock; p.23 Nazzu/Shutterstock; p.23 loisik/Shutterstock; p.24 worldswildlifewonders/Shutterstock; p.25 top: Ronald Caswell/Shutterstock; p.25 bottom: jmatzick/Shutterstock; p.25 Shutterstock; p.26 Mighty Sequoia Studio/Shutterstock; p.27 top: FloridaStock/Shutterstock; p.27 bottom: rsooll/Shutterstock; p.27 Vladislav Gurfinkel/Shutterstock; p.28 Dt03mbb/iStockphoto; p.28 loisik/Shutterstock; p.28 Lori Mitchell/Shutterstock; p.28 Graeme Shannon/Shutterstock; p.28 Edwin Verin/Shutterstock; p.28 Werner Bollmann/Photolibrary; p.28 jmatzick/Shutterstock; p.28 Mighty Sequoia Studio/Shutterstock

Teacher Created Materials
5301 Oceanus Drive
Huntington Beach, CA 92649-1030
http://www.tcmpub.com

ISBN 978-1-4333-4443-5

Printed by: 590835
Printed in: China

Tabla de contenido

Volando sobre las nubes

Imagina que puedes volar sobre las nubes con alas de ocho pies de punta a punta. Eres libre para recorrer los cielos.

Eres un ser hermoso y poderoso. Eres un águila.

Todo acerca de las águilas

Al pensar en águilas, es probable que pienses en el **águila calva**. Este es sólo una clase de águila. En total hay 59 especies. Viven en muchos lugares del mundo.

Cada águila es especial. Aún así, todas tienen muchas cosas en común.

Al igual que las demás aves, los huesos de las águilas son huecos. Esto las hace más livianas y les permite volar con facilidad.

Un vistazo a las águilas

Esta es un águila calva. Otras águilas tienen un aspecto diferente, pero sus cuerpos tienen las mismas partes.

plumas
las
cola

Aves de rapiña

Muchas águilas son feroces cazadoras. Se les conoce como aves de rapiña. Comen peces y animales pequeños, como conejos y serpientes.

Una presa es un animal cazado como alimento. Un águila en vuelo puede descender en picada y atrapar a su presa con sus largas y filosas garras.

Las águilas buscan a sus **presas** durante el día. De noche, permanecen en sus nidos.

Hogar y familia

Las águilas dejan sus hogares en el invierno. Deben hacerlo para seguir a sus presas.

Algunas aguileras pueden medir hasta tres metros de ancho y pesar varias toneladas.

Los nidos de águila se llaman **aguileras**. Las águilas los construyen en árboles elevados o en las alturas de peñascos y montañas.

Cada primavera, muchas águilas regresan a la misma aguilera. Les agregan más material para que sean más grandes y cómodas.

Las águilas ponen sus huevos en las aguileras.

Entre las águilas, las hembras por lo general son más grandes que los machos.

La madre empolla los huevos durante varias semanas, hasta que nacen las crías. El padre obtiene alimento para su pareja y protege a su familia.

La madre pone uno, dos o tres huevos a la vez. Cuando las crías nacen, se llaman **aguiluchos**.

Muchas águilas forman parejas para toda la vida. Esto significa que la madre y el padre forman una pareja hasta que mueren.

Las águilas cuidan a los aguiluchos hasta que éstos pueden vivir por su cuenta. Los protegen y alimentan, igual que los padres humanos.

Clases de águilas

Las águilas se clasifican en cuatro grupos principales: culebreras, calzadas, tropicales y pescadoras.

Las **águilas culebreras** tienen la cabeza grande y cubierta por largas plumas. Pueden atrapar serpientes fácilmente con sus gruesas garras.

Las **águilas calzadas** tienen patas emplumadas que parecen botas. Son conocidas por sus excelentes habilidades de vuelo.

Las **águilas tropicales** viven principalmente en las selvas de los trópicos. Se alimentan de monos, aves y otros animales tropicales.

Las **águilas pescadoras** se alimentan principalmente de peces.

Las águilas calvas tienen ojos muy poderosos. Su buena vista les permite localizar a sus presas.

El águila calva es una de las águilas pescadoras más conocidas. En realidad no es calva, pero las plumas blancas en la cabeza hacen que, a distancia, parezca calva.

El águila calva es el símbolo de los Estados Unidos de América. Aparece en las monedas de 25 centavos y en el sello presidencial.

El águila calva es valiente, fuerte y libre. Por esta razón, muchas personas piensan que es un excelente símbolo para los Estados Unidos.

Glosario

águila calva

águila calzada

águila culebrera

águila pescadora

águila tropical

aguilera

aguiluchos

presa